キャベツと爆弾

八木忠栄

思潮社

キャベツと爆弾

八木忠栄

思潮社

目次

装画＝八木奏乃／装幀＝著者

キャベツと爆弾

山上のうたげ

行方不明の箱舟をさがすつもりか
満月がのぼった
こんばんわ

森の切りひらかれたせまい草地で
今夜もくりひろげられるうたげ
どこかしら淋しげで
人びとはみな影法師になった
海馬のように寄りあい
棒杭のように突っ立ち
きりもなく酒を酌みかわす
阿呆になって高笑いし

ぼそぼそと歌う
蜥蜴になって松の木に這いのぼっては
とびおりて気絶する者
藪かげでちちくりあう者
ふんどしをつかみあって角力とる者
（いやな晩で、ござんす

あやしげな雲どもが
集まってきては駆けずりまわる
満月がぼんやり見おろす
けものたちは夢の森のはずれで
幼い獲物を追いまわす
気をつけろ！　赤ちゃんたち
恋人を盗まれるな！　兄ちゃんたち

わけもなく踊り狂ったら

てんでに岩石を熱く抱いて眠りにおちる
眠りのはずれの地平線でも
あやしげな雲の一団は駆けずりまわる
あばれまわる
（いやな晩で、ございんす

ふたりの空

祝婚

あの青い空
ふたりの頭上高く高く
はてしない空
おもいっきりの空

五月の空はふたりのためにある
どこまでも一緒に空をかついで行こう
雲がわいたら
まるごとかついでしまえ

雷もとどろくぞ
戦闘機も飛ぶぞ

陽は容赦なく照りつけるぞ
雨も雪も激しく攻めてくるぞ

朝の食卓でパンにジャムを　めちゃくちゃに
塗りたくなることもあるだろう
バケツの水を　めちゃくちゃに
かきまわしたくなることもあるだろう

息を吸って吐いて
息を吐いて吸って
目を開いて閉じて
目を閉じて開いて

とつぜん山へ登りたくなる
海へ走りだしたくなる
とつぜん「お母さん！」と呟きたくなる

「バカヤロー！」と叫びたくなる

五月のつぎには六月
日曜日のつぎには月曜日

五月の空はふたりのもの
楽しいときは笑ってかつげ
悲しいときは泣き泣きかつげ
地球もまるごとかついでしまえ

泳ぐ大河内伝次郎

男たちは風になって
いつも男たちを追いかける

義理人情のわらじは水びたし
ふんどし一丁で　今日も
ちょんまげやネクタイをふり乱し
ざんぶりざぶり　乱世の暗がりにつかり
八百八町を駆けぬける
サラリーマン諸君
群れておろおろ迷走するばかり
（御用！
（御用！

さもあらばあれ――
鼠になってどぶどろをくぐり
茫々の草にとびこむ伝次郎
渡世の暗がりをふところに
あっぱれな齣落しで
デ、デンジロウ　走る
波打つ甍が歴史をどこまでもひろげる
とびあがって　ぶった斬る
眼も唇も声もとびあがる
とびあがって　ぶった斬る
寄せてくる男たちを
風もろともぶった斬れば
サラリーマン諸君は時間に
あっさり口説かれて
走る
ころぶ

走る
（御用！
（御用！
渡世から渡世へ
走っても
濁流を泳いでも
他人の町も街道も遠のいてゆくばかり
荒神山はさらに遠い
されど　血煙が伝次郎をまねく
ぼろぼろの渡世の闇は血糊をたっぷりくわえ
泥水は胸元を押しあげる
ひたすら眼をむいて
デ、デンジロウ　泳ぐ

男たちは風になって
いつも男たちに追いかけられる

草相撲

鎮守さまの境内
春には春の草が萌え
秋には秋の陽が寝そべり
森はしずかなざわめきをやめない
お昼寝やめて
家々のくらがりから　みんな出てこい
まわしを締めたやせがえるども
境内にキャッキャッあふれ
走りまわり　たわむれやめない
東も西も待ったなし

あびせたおし

ちょんがけ
さばおり
やぐらなげ
うっちゃり

はあ　はっけよい
徳俵にひっかかった陽は
かわいい土踏まずをくすぐり
草相撲もしばし抒情的にかがやく
――と軍配は粋なことをつぶやいた
危ういけんがみねに
陽も足も辛うじてのこった
はあ　はっけよい
のこった　のこった
軍配は抒情的にたちまわる

境内のすみの草かげから
青大将が顔だけ出して
やせがえるどもを脅かす
草むらに放置された大きなにぎりめしは
残さず食べた
やがて声援もやせがえるも
陽も土俵を割って
つるべおとし

二月尽

竹箒で　何ものかが
空に散らばる寒を掃きはじめる
蒼穹を走りまわる風小僧たち
その足もとから
雲が抱いていた骨片が
キラキラキラキラこぼれ落ちる
何ものの骨片だろうか
きれいに透きとおっている

ここは寒いよ　マイルス
と書いた詩人がいた
ここはまだまだ寒いよ　マイルス

草も生えない土地から土地へ
痩せたうわさが駆けずりまわる
ビルディングや駅舎の影に
ひっかかったまま騒ぐ赤い声は
みな　あちら向き
おーい　と呼んでも
こたえは返ってこないから
風小僧たちに呼びかける
おーい

山も花も人もまだ笑わない
でも　ちぽちぽと
水門から沖合をめざす舟ふたつ
競うように寄り添うように　進む
風小僧たちの乱れる足
まぶしい

「笹団子、いらんかね」

詩人はうたった――
　わが故郷に帰れる日
　汽車は烈風の中を突き行けり。
さらに――
　まだ上州の山は見えずや。

ぎゃくに上州の山のかなたから
山を突きぬけて　汽車は
よろよろ走り出てくる
一つの曠野からもう一つの曠野へ。
木製の古びた座席には
父と母と弟が黙念と向きあってすわる。

三人は似合わないスーツやワンピースを着て
白っぽい影そのものになっている。
ながいトンネルをぬけても
会話はなく　談笑もない
影たちはただ悄然。

…………

車輛はがらあきのまま
上州颪にかしぎあえぐばかり。
「笹団子、いらんかね」
「柿の種、なじらね」
わかい売り子が　たまに
蒼ざめた声をこぼしながら通りすぎる。

ピヒョー
汽車はまぬけな汽笛を
ときおり噴きあげる。

父と母は弱々しく咳きこむばかり
弟は重たく瞼をとじたまま。
かつて窓外いっぱいに
ひろがっていた桑畑は見あたらない
あかぎもはるなもむせるばかり。

汽車の後尾に　北から
冬の吐息があわただしく追いすがる。

父よ弟よ　冷酒《ひやざけ》を酌め。
母よ　朽ちた夢にひとり今ようやく酔え。
まぼろしの山々を窓に映しながら
汽車はひろがる草莽の地を
どこまでよろめき走るのか。
ことばもなく　三人は
どこまで運ばれて行くのか。

蒼ざめた声がまた通りすぎる
「笹団子、いらんかね」
「柿の種、なじらね」

黙念と向きあってすわる白っぽい影たち
笑うでもなく怒るでもない
いかんぞ故郷。

…………

ピヒョー
汽車は曠野をよろめき走り
上州の山はもう見えない。
白っぽい影たちは切株のように
どこまでも運ばれて行く。

幽霊買い

まひるの幽霊を
風の背後にさがしながら
歩いているわけではない　いや
歩かされているのだ
神ならぬ　イワシのアタマによって
路傍の草のつよい意志によって
昨日も今日も歩かされているのだよ
よっこら　よっこら　よっこら
おれも　そしておまえも

はげちょろけた山裾を
うす汚れた商店街を

いびつにつづく浜辺を
ひょこたん　ひょこたん　ひょこたん
きりもなくどこまでも　いつまでも
歩かされているのだ
山こえ　海こえ
歩かされているのだよ

(幽霊　いてますか？
(まひるの幽霊　いてますか？

恨みつらみは数々あれど
水のながれにあっさり流して
おれもおまえも　どっこいしょ
笑うな！
泣くな！
ここからはじまる地獄極楽へのみち

日はつれなくも暮れてゆく
声も影もひとつにたばねられ
歩かされているのだよ

おうよ　そうとも
泥鰌っこや鮒っことたわむれてきた
しんねりむっつりの旅また旅が
虫喰いだらけの
未踏のけものみちの曲折が
ぼんやりとでも見えているか
あいや　皆々さまよ
おれもおまえも　まひるの幽霊

(買わんかね?
(幽霊　買わんかね?

台風接近

早朝　マンションの鉄骨階段を
急ぎ足でのぼる子どもたちふたりの声
「8階までどっちが先か
「オレさ！
「オレだ！
私は2階の窓際で昨日の日記を付けている
元気な声がはずむ足音を響かせる
あの子たちの頬や膝に
厚い雲は映っているか？
こんな時間にどこへ行ってきたのか？
きのう何をしたか——
すぐには思い出せない私

台風の目は今　どこをにらんでいるか？
きのうの夕飯にはホタテの刺身とキンピラを
食べた　ミズナスも……
バレンティンがホームラン56号57号を放った
外人にはかなわないなあ
おう　暴風波浪警報だ
あの子たちは
とっくに8階に着いたはず
天空が声をあげはじめた
港湾は白い反っ歯をむき出しているだろう
アジやイワシは　海底に
身をひそめているか騒いでいるか？
私の後頭部までも耄ってくれるか　風？
私は今日エレベーターを利用しないだろう
郵便受けものぞかない
新しいメッセージは台風が運んでくる

遠くで救急車のサイレン
子どもたちよ　窓から
台風の接近をしっかり見ておけ！
さて私は　お茶をおかわりして
志ん生でも聴こう

舟を押す

夜明け前　おれは
凍りついたままの水門を背に
丸木舟を押して川をさかのぼる
エイ、コラ、エイ、
ひとりでゆっくり押す
家々はまだ寝息をたてている
舟のなかには冬の風のかたまりが
いくつもころがりこんでいる
それをどこまで届けるのか
おれは何も知らない
知らないまま　ひたすら丸木舟を押す
風はときどき激しく咳きこんで白濁する

そのぶきみな美しさ
明るい橋や暗い橋をいくつもくぐる
橋下で水鳥がたわむれる夢の切れはし
どこかの路地で火を吐く犬
地上はけものみちに身をゆだね
今しばらく眠っていてほしい
川のながれは冷たくとがる
いつだって　おれは
小ぎれいな希望など信じない
山なみをゆさぶる夜明けだけを信じ
息をととのえて丸木舟を押す
風がまた咳きこむ

雪を漕ぐ

雪の崖道を漕ぐ馬一頭
その胴体にも雪は降り積もる
馬上の男の頭蓋のなかは
やむことない吹雪

馬は難渋しながらも笑いだす
頭蓋は宙返りする
どッでん　どッど　どッでん
ここはどこですか？
崖道からは何も見えない
悲鳴も聞こえてこない
いや　そ、そんなことはない

男にはもうはっきり見えている――
雪の下で煮えたぎる鍋釜も
鉈も出刃包丁も
圧しつぶされそうな幾多の呟きも
たしかに聞こえている
明け方の寝汗も見えている
ふんどしで氷柱をつつんだ男が
馬上から放つしたたかな笑みに
気をつけろ！
汗して喘ぎながら雪を漕ぐ
うしろ姿のあやうさ

頭蓋の暗がりをじゃぶじゃぶ
洗いたてるサイレンは
いつ　鳴り出すか？

めいれい

あおぞらの伽藍に
赤いちゃんちゃんこを着たジジイたちを
ずらりと吊るす女たち
ゆるんだ猿股も
時間の鉢巻も　吊るせ
はげしい痰や喘息も
鍋釜薬缶も　のこらず吊るせ
干からびたはらわたのしたたりは
スプーンでていねいに掬いとれ
それから　たっぷり味わえ

きれいに吊るした

赤いちゃんちゃんこのジジイたちを
休むことなくゆさぶれ
声あげながら　ゆさぶれ
そののち　ただちに告発せよ
天の感ずるところにしたがって
のこらず告発せよ
のたうつあおぞらの岸辺にならべよ

いま伽藍を駆けぬけんとする
暴風のような鉄砲隊
勇ましいかれらの呼吸と軍靴を奪って
あおぞらの畑にきちんと植えよ
そのあとで　ほら
充血した銃口のすべてに
ふるえる舌を差しいれながら
愛のうたを　はじめて歌え

ざれうた

交差点で信号を待っている直立不動
あれはきみの影法師か――
もうすぐ凶暴な風が
商店街をうねりながら
きみを攫いにやってくる
この町の条例にしたがって
ABRACADABRA と唱える婦人たちを
笑わば笑え
陽気なふりしたされこうべがいくつも
地平線でころがりだす　そのとき
ちぎれ雲を戴いて
勢いよく炎上する図書館

出たホイの　ホイの　ホイの
と　運河のへりに整列して
さかんにうたいさんざめくガキども
野卑に煽りたてるおじさんたち
よさホイの　ホイの　ホイの
埋立て地の貝殻みちを
血みどろになって走りに走る姉ちゃん
笑わば笑え　味噌樽よ
笑わせてくれ　皮かむりの味噌ッかす
〽旅ユケバ駿河ノ国ニ……
ほおっかむりした旦那衆が
くり返しうたって泣きわめく
散文化するきみの頭脳を美しく散髪せよ
産卵せよ　排卵せよ
氾濫するメディアのおっぱいに
悲しき口づけを　せよ！

十月の詩の書き方

「詩を書きたいなら
　ペンキ塗りの西武園を
たたきつぶしてから書きたまえ」
と田村隆一は書いた。
たたきつぶしてから……
そんなことをしたところで　きみに
詩が書ける保証などないことを
田村さんは知っていただろう。
「詩は十月の午後
　詩は一本の草　一つの石」
とも書いた。

十月の午後　しきりにあくびが出る。
遊園地の入口を一本の草でべっとり汚し
陽に輝く遊具のすべてやアトラクションを
一つの石でみごとにたたきつぶしてから
きみに一編の詩が書けるか？

詩を書きたいなら
まず存分にあくびをして
のどちんこを
十月の午後の陽にさらすこと。
それから草のかげにひそむ石ころを
一つ拾って　しっかり握りしめる。

ペンキ塗りの西武園はどこにでもある。
そこではペンキ塗りのファミリーが
ペンキ塗りの歓声をまき散らしているさ。

ペンキ塗りたての十月の日暦が
また一枚ずつ切りとられる。

あらゆるペンキ塗りをたたきつぶす――
きみの詩は
そこから立ちあがれるか?
詩は草と石で書きたまえ。

＊「　」内は田村隆一「西武園所感」より。

耕すマンモス

切りたつ崖のうえ
マンモスが黙々と畠を耕しています
巨大な石の鍬を振りあげ
ゾックリ　ゾックリ　ゾックリ
（身がまえる地中の影また影）

何の種をまいたらいいのか
それをどのように育てたらいいのか
マンモス自身には何もわかっちゃいません
傍から鴉が二羽まじめくさって飛びたつ
（時間は凍ったまま弾ける）

奥山から走りおりてきた穢い小僧が
老いぼれヤギといっしょに
雑草のうえに寝そべったまま
マンモスの作業をいつまでも眺めています
（いつか見た夢は裂けるばかり）

お天道さまは
空から吊りさがったまま上機嫌で
身を折りたたむようにして
ぎょろりと見おろしてござる
（すべってころんで　くしゃみ一発）

マンモスがかく大粒の汗が
さかんに逆噴射をくりかえし
宙空せましとのたうちまわる
ちぎれ雲が声をかぎりに歌いはじめます

（♪地上はアレルヤ）

石の鍬が振りおろされるたびに
畠は大きく波打ち　口をあけ
そこから北方の馬どもがもつれあいながら
先を競ってとび出してくる
（鞭をにぎって宙返りするのど仏）

けたたましい正午のサイレン
「おとうちゃーん！」
マンモスの娘が
お弁当を届けに駆けてきます
（おかずはなあに？）

キャベツと爆弾

寒い断崖の町の
陰裂に貨物列車がすべりこむ
キャベツと爆弾が
ひそかに積みこまれているらしい
鉄橋だけは　しばし
熱く高鳴っていた
この地方はまだまだ
寒いのよ
赤ン坊を泣かすな
駅長は背を伸ばし
母親と赤ン坊を叱るばかり
待合室でやかんが

煮えくりかえっている
できたての弁当はいらんかね？
いつから町の夜は
明けてくるのかしらん
断崖で
キャベツが爆烈。

集合記念写真

寄るとさわると
集合だ　写真だ
記念だ　写真だ
今日はみんな　仲良しこよし
アンちゃんもネエちゃんも
ジジイもババアも
ひとり残らず　全員集合！
トイレや階段下あたりで
愚図愚図するな
あわてて玄関へ走るではない
せまい廊下をうろちょろするな
隣室の集まりはとっくに散会した

脂ぎった顔も　かさかさの顔も
それなりに写る　写す
腹黒も音痴もバレやしない
夕べのあのキスも
背なで老いてる唐獅子牡丹も
バレやしない
心配ご無用
前立腺肥大も子宮筋腫もバレやしない
だから集まれ！
とっておきの笑顔をもち寄れ
よけいな心配するな
うしろに誰がそっと立とうと
隣りにきた奥さんが異常接近しようと
今は自分だけに集中しましょう
それだけでいい　それがいちばんだ
前列中央には禿あたまのデブが

それらしくふんぞりかえってネクタイ直し
こぶしを膝のうえに置き
痩せた図々しいやつがそっと隣りに……
いつものことだ
この世の終りのように
息せき切ってトイレから駆けつけるあんた
すべってころぶなよ
おぐしをなおし　やっとこさ間に合ったバアちゃん
飲みすぎてゲロを吐きたいやつが二、三人
がまん　がまん
窓からスカイツリーが見えたり見えなかったり
雲が走ったり走らなかったり
裏通りで終日　鉄骨を運んでいるおじさんたち
交差点へ救急車が火玉になって突っこむ
みんな一緒にニッコリ
しばし一世一代の直立不動です

直立猿人でござあーい
上空で　はぐれ雲がズボンをはいたり脱いだり
集合からはずれたやつが蒼い顔して心のうちで呟く
バカ　カバ　チンドンヤ　オマエノカアサン　……
家では淋しい母さん（または父さん）が
父さん（または母さん）の帰りを待っている
赤児が火を吐く
みなさん家庭の事情を背負いこんでいる
駅前ではいつも雨が降るともなく降っている
あさって、しあさっての天気など知るものか
首都圏の電車は今日も正常運転中
焼鳥屋ではケモノの臓物が焼きあがる
ああ　みなさんはもう帰りたい
はやくして　早く！
どこまでも　いそいで帰りたい
どこへでも　はやく帰りたい

では　みんなそろって　ハイ
……チイズ……バタア……キムチ……
それから……1たす1は？
声も顔も胸もとっくにうわずっている
よろしい　一瞬のちんもく……
カシャ！
カシャ！
（音がしたり　しなかったり）
（フラッシュが光ったり　らなかったり）
もう　よろしいか？
ドッとわれてくずれる笑顔の石垣
散らばる咳くしゃみ
あした晴れるや？

雪雲

国ざかいの山脈の上空に
時季はずれの雪雲が
重たく垂れている
見はるかす雲は　人骨を
五、六本呑みこんでいるらしい
見える　見える
（まちがいなく人骨です）

里では春のあいさつが
かわされはじめたというのに
よごれた小僧
山を駆けおりて

どこへ走り去ったか
濁った大河の岸辺で　ひとり
沸騰しているか
山はしずかに
躍りはじめるだろう
なまぬるい風に煽られて
雪雲はゆがみ
人骨はにぶく光る
きしみあい憎みあう乾いたハーモニーは
これから時季はずれの呟きを
ひそかに奏でようというのか

かなたで流氷が鳴きはじめた
雪雲も鳴きだすだろう
里人たちは　いつからか
鳴くことを忘れてしまったらしい

ちいさな木の芽みな　バクハツ
山脈は起きあがり　風は破ける
人骨が笑いはじめます

クラ、クラ、節《ぶし》

おらおらで、ひとりいぐもん――宮澤賢治

おっと、立ちあがって、クラ、クラ、
一歩あるいて、クラ、クラ、ね、
歩、ぽ、歩、ぽ、歩、ぽ、
あるいている、のではない
あるかされている、のだよ、おそらく
わからない、わからない
だれがだれとあるいているのか?
だれとだれがあるいているのか?
だれがだれをあるかせているのか?
かみさまが?
じぶんがじぶんを?
わからない、わからない、わからない

あっちへ、クラ、クラ、
こっちへ、クラ、クラ、
笑ってはいけません、泣いてはいけません
あんよはじやうず
という声が、合唱が、じぶんののどから
ほれほれ、迫ってくるのよ
あんよはじやうず
二歩あるいて、クラ、クラ、ね、
いつか母が言った——
いんねん、いんねん
生きるも因縁、くたばるも因縁
いんねんがいんねんを、ほれ呼んでいる
せまい廊下が深い川になって、ゆれ
うねる路地が、ゆれ
雪解水がばしゃばしゃ、ゆれ
見たこともない山脈が、ゆれ

ついでにいのちも、ほれ、ほれ、
こんなふうに、ゆれ、るのよ
ただに、ゆれ、ゆれ、ゆれ、るのよ
地べたも石垣も大きくゆれ、るのよ
ク、ラク、ク、ラク、ク、ラク、ラララ、
なかよきことは憂きことかな
骨がおどり、血という血がほころびる
脳髄がおどり、筋という筋がほころびる
いっそ、このまま出雲へあばれこもうか
骨の影も、クラ、クラ、
脳髄の影も、クラ、クラ、
三歩あるいて、クラ、クラ、ね、
ちちよ、ははよ、おとうとよ、あんたらは
裏の畑でひたいを寄せあって、きょうも
あさっても、つぶやきつづけているだろうか
——つぶやいて、クラ、クラ、

こんなふうに、おれはおどりつづける
こんなふうに、あかるく、剽軽に、ね、
——おどりつづけて、クラ、クラ、
鳥たちがうなだれてねぐらへ、かえる
陽がしずんで、月がのぼる
山が裂けて、海がたちあがる
風をくらった雲は、どこまで逃げのびるか
ふら、ふらんすへ行きたし、と思えども、
じゃ、じゃぽんからは、あまりに……
か、からまつは、さびしかり、けり
た、旅ゆくは、さびしかり、けり
どこまでも、クラ、クラ、
からだが、ほうら、ゆ、ゆれ、て、
お水もお湯も、こぼれる
残りすくない湯水がさらに、ゆれ、ゆれる、
ゆ、ゆれて、なお、うた、う、

四歩あるいて、クラ、クラ、ね、
橋をわたり、国ざかいをこえ
もえあがる、肉と菜っぱをこえ
めまいのする散歩
常にめまいしている、田畑、家系
常にめまいしている、ゲンゴロウ、タガメ
草にしがみついている、臭い虫ども
虫どもにしがみついている、臭い声ども
にごったよだれを草でぬぐうと、ほうら
夕陽がジンジン、からみつくの、よ
ジンジンジンジンと、わけもなく、ね
よだれをこぼす廃家のつぶやき
あんよはじやうず
三たび四たび囃したてるその声あの声
三丁目のかどの、まめ屋のおかみは冗談ばかり
まめ屋のまめが、声あげて飛びちり、

冗談が、ホッ、ホッ、ホッ、ホッ、うるさくまといつく
地上とは、思い出ならずや
望遠鏡のぞくタルホのおっさんのA、
あんよはあくまで、あやしく
あたりは、濛濛とけぶるばかり
かじられた岸辺はわけもなく、うねりに、うねる
ジャン、ケン、ポンで、クラ、クラ、
しわ寄って、あふれかえる脳みそ、くそみそ
あわれな幻夢をむさぼるしわしわ、よ
しわよ、ゆめは五臓のつかれ、
いやさ、ゆめは小僧のつかい
五歩あるいて、クラ、クラ、ね、
かげろうになってあるけ、あるく
いや、かげろうをおんぶして、あるく
鈴振り、首振り、
をんをん、あのふぐり峠をこえ

さまよえる泥水に姿をかえて、
ふん、ふん、どこまでも、行きなさい
どこまで、どこまで、行っても、クラ、クラ、
愛しいものたちよ
憎たらしいものたちよ
おれを呼び止めるな!
もう、ひき返せないのよ、ラ、ラ
あんな淋しくて懐かしい、荒蕪の里には
帰れない、帰らない、
ひと切れのこころを、ふところに折りたたんで
そんなに遠くまで、ぼんやり
ひ、ひとり、あるいて行けるか、なあ
こわいなあ、
うれしいなあ
さぶいなあ、
うれしいなあ

あるいて、あるかされて、
クラ、クラ、うたいながら、おら、いぐもん
おお、そうよ
ねえちゃん、おっさん、あんさん、
腰ぬけたちよ

茄子のふくらみ

春にも秋にも
わた雪は軽快に　無茶に
また愚直に降りしきる
おれやあなたのこころの
鉄橋にも浅瀬にも
遠くへかすんでゆく田や峠みち
ある朝の水たまりのたわごとなど
赤いスカートが
あっさり飛びこえるさ
「おーい」
という無垢な呼び声は
夜明けの風にたちまち

刈りとられてしまう
人生はリハビリテーションだと
悟ってしまった少年の哀しさなど
母さんには永遠に理解できない
ほうらほら　おれたちの
生涯の全景はそのまま
裏の畑の茄子の
ふくらみに写っている＊
泥をぬぐい去った膝かぶから
ちょろちょろと
たましいの色した水がこぼれ出し
声はりあげて
歌いつのる

＊西脇順三郎の詩行「人間の生涯は／茄子のふくらみに写っている」（「茄子」）を借用。

姿正しき

姿正しき弥彦山……
と歌い　おれたち
裸足で板の廊下を走った
すべってころんだ
先生に怒鳴られた
守門岳のてっぺんには
冬のしるしが　もう
夜明け前からすわりこんでいた
刈谷田川の浅瀬で
ちぢこまっている小さな巻貝たちも
一緒になって校歌を歌った
姿正しき……　そのことばで

おれたちは背すじをスッと伸ばした
浅瀬は冷えこんで傾くだけ
流れは小さな巻貝たちを
あっさりひっくりかえした
それでも新年の餅は
まぶしく　よく伸びた
廊下も伸びた
のびてのびて　いやひこさままで
むこうは佐渡よ
小さな巻貝たち　今朝も
姿を正して　歌え！

窓をあければ

あなたの身勝手な論理に
……うんざりして
あなたのごわごわの感性に
……うんざりして
ページを閉じる　ええい！

北の窓をさっとあける
目の前には舟溜り　どっぷん　どっぷん
この町はいつも　そのあたりから
夜があけてくる
日がくれてゆく
舟は舳先をそろえて　ばふばふ

論理や感性を濡らしてくれるだろうか

岸辺に建つ安ホテル
古い酒屋のおやじは早朝から
暇をもてあまして紫煙を吐くばかり
ことしのボラはよく跳ねるぜ
自転車の少女たちが
落花生屋の店先を
歌いながら走り去る
あの子たちも　いつかは
みがきあげられた論理や感性と深く
つき合うことになるのだろうか
そんなことよりも
ワカメのようなあんちゃんたちと
陽気につき合え

おや
アロハシャツのアラカンさんが
棒になってゆっくり土手を歩いていなさる
時代はもはや鞍馬天狗でもあるまい
なあ　杉作くん
舟溜りの赤い橋が吠えたてる

国道の交差点をまたげば
ハナミズキのさかりはとっくに終わっていた
セレモニーホールのアレグロ
落花生のこの味は
ねえ　若奥さん
天下一品！
働け　酒屋の独身むすこ
急げ　アラカン
石段の向こうで息を殺し

大神宮さんはかなたから　鳥居越しに
こちらを覗いておいでだ
窓をあければ
世界の背中がまる見えです

志ん生讃

志ん生さぁーん

呼んでも　みごとなやかんあたまは
ぶあいそに　あちら向きのまま
客だけがドドーッと大きくゆれる

新宿末廣亭の昼さがり
咳きこんでいる婆さんや神妙な小むすめ
場内の提灯がかたむく

ええー、つまらなそうな顔をして
客席をしきりにひっくりかえす

そんな時間が高座からながれ出す

「ビールはおしっこになる」
「お酒はウンコになる」

下谷の山崎町を出まして、、、上野の山下に出て、、、
麻布絶口釜無村の木蓮寺、、、
厠からビールと酒がにおってくる

♪コノ酒ヲトメチャイヤダヨ
酔ワセテオクレ
マサカしらふジャ言ワレナイ

ニコリともしない渋い表情が
ぐらんぐらんに会場を酔わせてくれる
えぇー、昔はってえと

長屋では　塩を顎で
ひょいひょいよけて這ってきたなめくじが
カミさんの足首に食いつきやがる

それ　ホントのこと
長屋では人も時代も　そんな時を
うつらうつらとやりすごしていた

お酒が飲みたくて
空襲が怖くて怖くて
妻子をおっぽり出して大陸へ逃がれた

びんぼう長屋
びんぼう神
びんぼう自慢

落語は洒落がかたまったようなもの
洒落が通じないあんにゃもんにゃが増えました
昭和も遠くなりにけるかも

空を見あげると雲の縁側で
親子三人の落語談義が
徳利かたむけながら　はずむはずむ

ええー、どうも、その一言だけで
客はゆれはじめている
雲の上の高座は今日も上機嫌

志ん生さぁーん

一本道

野中をまっすぐのびる
一本道には轍が刻まれていて
得体の知れない声がいくつも　ひそかに
汗のようにこぼれている

草むらには　春なら雲雀が
夏なら赤い蛇が
ひそんでいるにちがいない
コワイ道ナンダゾー
どこまでつづいているのでしょうか
これから何者が通過して行くのでしょうか
道はかなたで右にカーブしているが

その先は草にかくされていて見えません

しかし耳をすましてごらん
太刀と太刀とが
激しく吐息をぶつけあっている気配
三度笠が宙に飛ぶ
何事か、あらざらん！

その数メートル先で　私の孫ふたりが
キャッキャッと石蹴りに夢中
あれ、まだ北京には帰っていなかったのかい？
もう秋だぞ　日が暮れるぞ
いそげ、いそげ、
やくざな婆さんには気をつけろよ
ここからがコワイ道ナンダゾー

さらに　その先では道を分断して
大きな濁河がうなって流れています
鉄橋はおとといの豪雨で
あっさり流されてしまった
あやしい空が今にも落っこちそう
鯰も牛蛙も待ったなし

土手を自転車で
ひがしやま先生があたふた走っていなさる
どこまで行くんかいのう？
下流から遠い海のサイレンが
ゆるゆる遡ってきます
何事か、あらざらん！

小さくなあれ。

磨赤兒に

現われては消えてゆく
あのうるさい人たちの影
あのさびしい人たちの影

人のからだには
どんな人体が映っているのか——
その人体を誰が見つけ出すのか——
見つけ出そうとして人はおどる
ひきずり出そうとしておどる
おどればおどるほど見つけにくくなる
身をひそめてカアーッと赫い口をあける
目では何も見えないから

白塗りの顔に穿たれた赫い穴ぼこを
深く深くひらいて見つめる
しかし　穴ぼこや舌は何も語らない
股倉から石ころをひとつ拾い出して
投げつけよ

パラダイス、パラチフス、パラノイア、……
と語って　その舞踏家は
怪しくほくそ笑んだ
パラ、パラ、パラ、の連想に
武蔵野や房総のカラスどもは魂消た
パラダイス、
パラダイス、
くりかえし唱えながら
白塗りの隠亡たちは
カアーッと赫い口を裂けるほどにあけ

おいで、おいでをする
藪のようにけむる指先に気をつけろ！
うしろの正面も地べたもまっしろで
首吊りの影が何本も垂れさがっている
それらの足もとに
パラダイスがいくつもこぼれ落ち
燦然とあやしい輝きを放つ
股倉から石ころをひとつ拾い出して
投げつけよ

身を寄せあって
みんな白塗りの隠亡になって
小さくなあれ。
小さくなあれ。

＊題名をはじめ作品中に舞踏家・麿赤兒の言葉を借用した。

マーライオン、にっこり

二〇一六年十二月、奏乃に

早咲きのさくらが咲いた
それを見あげて
マーライオン、にっこりほほえむ

勢いよく吐き出される水が
ひときわまぶしい
海に向きあうマーライオン

海の町を守る
ライオンと魚の
白いばけもの

海面を見つめながら
歌うがいい
踊るがいい

波は波をこえて奏で
風は風をこえて奏で
人は人をこえて奏で

じぶん好みに飾りつけた舟を
どこまでも
ちからいっぱい押して行こう

あるときは
ゆるやかな坂道を
ゆっくり登って行こう

靴あとがキラキラひかる
靴音がはずむ
口笛がはじける

じぶんの海や森をさがそう
海には巨大な魚も棲む
森には怖いけだものもひそむ

ライオンに気をつけて
魚にもっと気をつけて
にんげんにもっともっと気をつけて

この町で　この真新しい世界で
マーライオン、ごきげん
マーライオン、にっこり

ゆれ、ている

山河も
時代も
それぞれの息づかいで　ゆれ、ている
たえずゆれ、ゆれ、ている
こんなに、ゆったりと　はっきりと。
岩石に叩きつぶされたぼろぼろの時間が
干からびた青大将のように
泥地いちめんにしたたる。

先祖代々のむかしがゆれ、ている
おれのむかしもゆれ、ている
小刻みにだが　ゴウゴウとゆれ、ている。

たのしいか　うれしいか　かなしいか。

いつのまにか
おれの隣にやってきた　その
おとこ（顔が見えない）も
じつは　ゆれ、ている
て、いる　例外ではない。
むこうを向いたまんま。

おれは夕べ　恐ろしい表情で
一個の爆弾を呑みそこなった。
隣のおとこの腹にはすでに
爆弾が何発もねむっているらしい。
音立ててゆれ、ている。

山河には

たくさんの爆弾がにぎやかに、埋まっている。
時代には
たくさんの爆弾がにぎやかに、沈んでいる。
青空で赤児がとつぜん
激しく泣きだすのは　きっと
おなかの母乳があばれだしたからだ。

涼しい顔をした夏野菜たち
気をつけろ
風景がかすかにゆれ、ゆれ、だした
ゆれ、に　ゆれ、て
世界はこんなに美しくなりました。

おめでとうございます。
おめでとうございます。

笑うふるさと

山は雪だんべ
里は火事だんべ

電柱の伸びきったかげに
濁った眼がいくつも重なりあって
こっちを凝視している
おれの身も心も前のめりになり
花はそっとあっちを向く

しびれるような早朝
となりの嫁は髪ふり乱し
スリップ姿で庭へとびだす

焼け火箸が追っかける
おまえのかあさん　デベソ

子らは堤防を一直線に走り
川面を淫風がこする
ごらん！
とがった乳房が時どき
浮きあがっては深く沈む
そんなくり返し

軒下に何本も吊るされた肉棒の
けたたましい哄笑
響くこだま
蟬どものむくろ
みんなそろって　まっくろけのけ

正午のサイレンが鳴ると
鳥どもは赤く切り裂かれた腹のうちを
山の斜面にくっきり映しながら
喜々として曇天を縦横に翔ぶ
雲と岩石と水と
魚どもはつぶされた頭をふりふり
泥川をさかのぼる

ここらあたり
ばばあどもの寝言がうるさい
夢見心地で　おれは
身を横たえたふりをして
世迷言をさすりながら　どこまで
風に流されて行くべえか?

山で雪は笑い

里で火は笑い
草地では
総出で花のうたげの
準備がはじまる

漢江は今朝も……

私が夜ごと見る夢の
遠く近くで音高く　重く
漢江は流れているか？

私の枕はしぶきにすっかり濡れている
濡れて流れに浮かぶ枕と
夢のはずれに寄るうたかた。

奔流を押す風のなかに立ち
草々は歌おうとして
顔を凛とあげる。

李よ、
金よ、
風をおこそうとする歌ごえよ。

漢江は
私の細い川にまであふれ
歌ごえは岸辺を洗ってくれるか？
私の歩行はあやうい。

声と足音は乱れつつも
枕をまたぎ越し
流れを深く深く刻んでゆく。

走る雲を流れに映し
濁ったこころをいくつも沈めたまま
漢江は今朝も流れているか？

水がほしい！

ああいやだ　おおいやだ
と岩田宏はうたった。
夢みたくても夢みない／夢みなくても夢みたい
とつづけた。
水をたっぷりふくんで騒ぐ地平線を
ぶった切って駆けてきた一頭の
蒼い馬が目の前で　ドドッと
きれぎれの夢を大量に嘔吐する。
散らばった無数の夢がぱちくり目をあく
ああいやだ　おおいやだ。
兵隊さんを満載した貨車が
ぎしぎし闇の鉄路を通過すると

地平線がみごとに逆立ちする
まる見えのお尻が
かなたの海に映っています。
すると　静かな街も
夕陽をバックに逆立ちします。
人びとは誰もが　水を
思いっきり飲んで眠りたい
井戸水がほしい！
ああ妹よ。
おお弟よ。
蒼い馬は一声嘶くと
凍りついた鉄路につんのめりながら
かなたへ駆けだす。
海のウニ！＊

＊「海のウニ！」＝岩田宏「いやな唄」より。

蟬と和尚さま

ヂャブヂャブヂャブヂャブ……
小さな村の小さな林で
早朝の蟬がうるさく鳴いています
何をそんなに急ぐのか。
寺の和尚さまは宿酔で
まだ夢のどまんなかです。
彼は若いころ　何年も
東京のパン屋に奉公していて
先代に心配かけたけど
今はれっきとしたご住職。
「ごめんなんしょ」
となりの婆さまが　寺へ

冷たい井戸水をもらいにきました
もぎたての丸茄子を三つ持って。
お盆ちかく　村びとは墓掃除に精を出す
お寺の裏の欅林はまだ明けきらず
蟬だけが元気です。
ヂャブヂャブヂャブヂャブ……
東京のパン屋から寺に
パンのお中元がどっさり届きました。
和尚さまもこれから忙しくなります
家々をまわって　棚経をあげなければなりません。
冷たい井戸水をかぶって
それッ
墨衣ひるがえして自転車で出発。
暑い、暑い、
蟬もいっしょになって
ヂャブヂャブヂャブヂャブ……

夢で、釣る

明けがたの夢の
崖っぷちまでやってきて
釣糸をながながと垂れているのは
だれ？
その　あやしいうしろ姿
うっすらとした笑い

濁った水平線は倒立して
岬の春を呑みこまんばかり
鳥どもがあわてていっせいに
宙空へむかって墜落する
空は青さを深くする

浮雲だけが鮮烈なしらべを放つ
雲のかげから　ゆらゆら
あらわれる帆かけ舟
どこをめざすのか——
凍りつくような釣りびとの
うしろ姿はついに何も語らず
かすかな夢をゆらすばかり
とつぜん笑いが途切れる

さて、
何が釣れました？

冬の日

せまい鉄路をまたぐと
だだっぴろい庭
奥に建つ古ぼけた西洋館。
テーブルにへばりつく男女数人
昏い表情を寄せあって
密談か――
句会か――
それぞれのグラスに慎しい赤葡萄酒
萛のけむり一本二本
溜息と咳ばらい
豆をかじる音
小魚がこぼれ落ちる音

「おぬしらは、いったい……」
どの背中も寒そう
廊下の壁に人影が倚りかかる
老いた麗人が茶菓を運ぶ。
となりの室からは
浪花節をうなる声かすか
〽遊女は客に惚れたと……
その下卑た声をかき消すように
「おぬしらは、いったい……」
鉄路の涯てからほそい汽笛が迫る
さむらいたちの雄叫びか。
急激に日が暮れて
着流し姿の素浪人いっぴき　庭に
だんびら下げて颪のように佇つ
寄ラバ斬ルゾ
庭はいちめん冬枯れ。

大草原の冬の雨

山田せつ子ダンスソロ

くぼんだあの青空を
どこにさぐろう?
商店街の冬は今　どしゃ降り

この四角い小箱のなかの
しずけさは　なに?
舞踏手は影となって　どこからか
他人のようにそっと迷いこんでくる
客はいずれも石の地蔵さま
息呑む石の地蔵さまたち
影がかげを追いつめる
小さい象がまねくよ

白い壁が逃げるよ
あかりがあやしくふくらむ
舞踏手にとって
床《ゆか》とはなに?
足うらとはなに?
その皺とは?
舞踏手にとって
壁とはなに?
さまよう腕と眼とはなに?
およぐ指とはなに?
耳が釣りあげる午後の魚とはなに?
峠の人とはなに?
背骨や恥骨とはなに?
もれる息が渦を巻く
信濃路をころがるりんごが
とびあがっては

あっけなく崩れる
臓物が海峡となって　のびてはちぢむ
凶暴さを秘めた
石の地蔵さまたちの舌
時を垂らす崖は熱く濡れて
かぞえきれない
小さい象が運んでくる大草原
舞踏手の指先がまねく
大草原も今　どしゃ降りか

冬の雨は　なおも
商店街をたたきつづけ
押し流してしまう

私の杖

容赦ないどしゃ降りが
野や崖をしごいて、ゆく。
つえ、つえ、つえ、
杖がなくては、歩けない。
どしゃ降りが私の杖をさらって、ゆく
その先へ先へとさらって、ゆく。
あれよ、つえ、杖、
ごらん、ものみなが
声もあげず棒立ちのまま流れて、ゆく
アップアップと流され　さらわれて、ゆく
野の涯て、崖っぷち、その先へ、
どこへともなく。

このどしゃ降りのなかで
私は杖なしで　ぐら、ぐらッ、
歩けずに、佇ったまま
虚空を見つめている
ひとも流されて、ゆく
いっぽんの棒きれになって。
声もあげず、何も考えず、
土地も草もゆっくり反転する。
ああ、よかどしゃぶりじゃ、と
声はりあげるやつ
せいぜい大声はりあげてくれい。
杖は濁流に突き刺さり
あっさりさらわれて、ゆく
歩行のための杖はどこにもない
怒るための杖がない
どもるための杖がない

私はただ棒のように佇っているだけ。
つえ、つえ、つえ、
私の杖はどしゃ降りにさらわれて、ゆく
干潟も高速道路も越えて
私の歩行も、こころも、
行方知れず
どこまでもさらわれて、ゆく
杖代わり　どしゃ降りにつかまったまま
雨雲の藪ふかく。

浮遊する病舎

がたあん、
と冬の日が落ちて
暗がりへ犬の仔一匹
人の仔が泣きだす
巷ののれんが
さわぎはじめる

腫れぼったい雲の下
病舎はそこに　すっくと佇つ
あたりの家々は咳きこみ
路地はゆるくうねるばかり
恋人たちのブランコ、知らないヨ

病舎前の崖から
急激に錆びていくローカル線
人びとは身を折って　あえぎあえぎ
鉄路をわたる
夜を待って浮遊する病舎から
逃げ出す傷だらけのはらわた
無人の車椅子
冷えきった杖たち
きれいに洗われたガーゼ
階段をくだる夢幻のくだもの籠
けばだつナースステーション
ドウサレマシタカア?
ベッドごと浮いている夜
溲瓶はどこだ?
うたいだす洗面器
廊下のくらがりが恨めしい

病舎うらの野菜畑に
日々貯めこまれている
おびただしい吐瀉物やあやしいガラス器具
それらの笑いごえ
寝相さまざま
冬の夜を賭けて
ひそかに浮遊する病舎
病舎の壁面をはしりまわる鱒
どの窓も瞼をかたく閉ざしているのに
今夜こそ
野へ逃げのびたい声たち

廊下を
右へまがって
あっさり消えていく

ドクタアよ
あとを追っていく
亡霊たちよ

ど、吃る。

発熱する老詩人、
ど、吃る。

草のかげ、
風のかげ、
人のかげ、
かげとかげ　そのからみあいが
鬱陶しい。
それらのあいだを　乱れみだれて
礫がとぶ、
岩石がとぶ、
水や泥に映し出される　それらのかたち

くだけて　醜く地べたをはねまわる岩石と水
はねあがる泥
そんな毎日がくりかえされる。
日曜日の朝
窓ぎわで機嫌よくパンを焼くひと
パンは野ッ原だ
焦げ目のついた野ッ原をポケットに
あてのない旅に出る老詩人、
歌いながら川をいくつか跨げば
やがて海峡。
海峡は今日も盛りあがって
発熱しているか?
濁っているか?

発熱する老詩人、
ど、吃る。

いずれの道をたどっても
けものみちにつながって行く
ひそかに咳をしているのは誰?
股倉を点検しているのは何様?
どこまでも発熱すれば
北京、
北京、
ねむる仏たち。
けものみちを　さらに
さぐって行けば
ヴィエンチャン、
メコンの濁った吃りに沿ってなおも
黙々と歩きつづける裸足の仏たち、
川向うにひそむ不発弾のジャングルを
熱い雨が荒々しく抱擁する

くたびれたジャングル。
ZAA　ZAA　ZAA
しいなのような雨がやまず降る
みんな集まれ！

発熱する老詩人、
ど、吃る。

草が育つ、
風が育つ、
嗚呼　人も育つ、
だから　町を
清潔に飾りたてるのにふさわしく
野菜のような脳髄が
声あげて繁茂しあふれかえる。
美麗に、美麗に、

あふれ出す野のソフトクリームに祝福を
オオヤモリたちには祝砲を
ソフト、ソフト、ソフト、ソフト、ソフト……
よくご覧なさい
むすめたちのふとる腰、
夜はどこまでもふけてゆく
ね、ね、おねがい
老けてしまう夜の
終わりなきおままごと
こよみのへりだけが　こんなにも
滑稽にけばだってくる。

発熱する老詩人、
ど、吃る。

どこへ出かけて行こうか

海峡をたたんで、
岬をたたんで、
迫ってくるもの。
ものがたりは海嘯に
あっさり抱きすくめられ
時間はきれぎれに
泣きわめいて散乱するだけ。
巌だらけの岸辺がいつまでも吃り
せつなく身をよじって　いざ
嗤わんかな！
発熱している。
嗤わんかな！
発熱をくりかえす。

老人頌

国ざかいの赤い運河に
後足で大量の砂をぶっかける――
そこに老いた種をまき　老いた水をやり
老いた花を咲かせ　育てる。
天動説の邑から邑へ
映像がつぎつぎに移動し
ひからびた声たちが
ぎっしり映し出されている。
砂がわめいて草が枯れる
クッ　クッサメ　クッ　クッサメ
おとといからの吃るこだまを
選びとるのは　きみだ

おんなの二本の脚のあいだに
早朝から読経を
まるごと投げつけるのも　きみだ。
歴史はうつくしく叫んでのけぞるばかり
まぶしいうしろ姿も大きくゆがむ
そのうしろ姿で
馬の胴体をノコギリで挽いている
毛むくじゃらの夕陽
浮雲みたいな月経帯が
かなたで誘うように騒いでいる。
ここでは澄んだ水と尿がからまりあい
台所をぐらりとかたむける
窓外はるか眺められる国ざかいが
老いた草々を育てるばかり。

帰還

息子一家に

きみたちは
池のほとりでいくたび
厚く凍る水と
明日あさってを語らったか——
にごった空にいくたび
遠い星々を
さぐってみたか——
声をかき鳴らしてみたか——
狗たちは無邪気に吠え
鳥たちはみだれて上空を翔んだ
けむる北京から
いつまでも眠りたいこの土地へ

お帰りなさい　ようこそ！
その街の槐樹は
行儀よくならんだまま
たかあくたかく手をふって
見送ってくれたか——
故郷の路次も空地も濡れたまま
あお空をひき裂き
夜あけのひたいをこすって
窓辺で　ふたたび目を
さますだろうか？

覚書

『やあ、詩人たち』（二〇一九・六）につぐ詩集である。但し、こちらは付き合いのあった物故詩人に対する「折句」という形式の詩だけを束ねたものだった。したがって実質的には、その前の詩集『雪、おんおん』（二〇一四・六）につぐ詩集ということになる。

二〇一二年五月から二〇二〇年一月の間に発表した七十四篇のなかから選び出し、折句と散文詩は除外した。配列は原則として発表順とした。「現代詩手帖」「詩人会議」「交野が原」「抒情文芸」「文藝春秋」「朝日新聞」「読売新聞」などと、わが個人誌「いちばん寒い場所」、その他に発表したもの。各担当編集者に改めてお礼申し上げる。

手作りの個人誌「いちばん寒い場所」は79号（二〇二〇・一）以降、発行していない。難病発症のため外出も減った。しかし、発表したままバラバラだと、詩たちが可哀相だ。「不憫」という言葉は好きではないが、そのままでは自分で納得できないので、ここにまとめた。

亡くなった、敬愛する入船亭扇橋さんは晩年、「落語は哀れ」と言っていたそうだが、「詩も詩人も哀れ」と言えないだろうか。泣き声、怒り声だけでなく、笑い声も「哀れ」だと思う。若い頃にはそんなことを考えなかったけれど。

事務的なことのみを記す「覚書」となった。それでいい。

詩集校正中に、思潮社の小田久郎さんの訃報を初めて知った（二〇二二・一ご逝去されたとのこと）。公的にも私的にも、甚大なお世話になった人である。追悼のお手紙は夫人宛てに出した。この詩集を小田久郎さんに捧げる、勝手に。制作に際し、髙木真史さんにお骨折りいただいた。

今は、この一束を何やらキナ臭い現実に向け、エイと突き出す。

二〇二三年　著者

八木忠栄 著書一覧

詩集

『きんにくの唄』（1962・思潮社）
『目覚めの島』（1964・グループぎやあ）
『にぎやかな街へ』（1972・私家版）
『馬もアルコールも』（1977・私家版）
『八木忠栄詩集 1960 ～ 1982』（1982・書肆山田）
『12090-82-000104-0』（1983・書肆山田）
『雨はおびただしい水を吐いた』（1986・花神社）
『酔いどれ舟』（1991・思潮社）
『八木忠栄詩集』現代詩文庫 138（1996・思潮社）
『こがらしの胴』（1997・書肆山田）
『雲の縁側』（2004・思潮社）
『雪、おんおん』（2014・思潮社）
『やあ、詩人たち』（2019・思潮社）

句集

『雪やまず』（2001・書肆山田）
『身体論』（2008・砂子屋書房）
『海のサイレン』（2013・私家版）

散文集

『風と会う場所』（1978・民芸館）
『詩人漂流ノート』（1986・書肆山田）
『ぼくの落語ある記』（2003・新書館）
『落語はライブで聴こう』（2005・新書館）
『落語新時代』（2008・新書館）
『「現代詩手帖」編集長日録』（2011・思潮社）

キャベツと爆弾《ばくだん》

著者
八木忠栄《やぎちゅうえい》
発行者
小田啓之
発行所
株式会社思潮社
〒一六二―〇八四二　東京都新宿区市谷砂土原町三―十五
電話〇三―五八〇五―七五〇一（営業）
〇三―三二六七―八一四一（編集）
印刷・製本
三報社印刷株式会社
発行日
二〇二三年六月二十八日